3 4028 09131 5003
HARRIS COUNTY PUBLIC LIBRARY

EL VALLE MÁGICO

J Sp Corder
Corderoy, Tracey
La gran carrera

$10.99
ocn935193430
Primera edicion.

EL VALLE MÁGICO

La gran
carrera

Tracey Corderoy

Ilustraciones de Hannah Whitty
Traducción de Bel Olid

RBA

Título original: *Willow Valley 3: The Big Bike Race*

© del texto: Tracey Corderoy, 2012.
© de las ilustraciones: Hannah Whitty, 2012.
© de la traducción: Bel Olid, 2015.
© de esta edición: RBA Libros, S.A., 2015.
Avda. Diagonal, 189. 08018 Barcelona.
rbalibros.com

© de la ilustración de la cubierta: Hannah Whitty, 2012.
Adaptación de la cubierta: Compañía.
Edición y maquetación: Ormobook.

Primera edición: mayo de 2015.

RBA MOLINO
REF.: MONL255
ISBN: 978-84-272-0865-0
DEPÓSITO LEGAL: B. 3.484-2015

Queda rigurosamente prohibida sin autorización por escrito del editor cualquier forma de reproducción, distribución, comunicación pública o transformación de esta obra, que será sometida a las sanciones establecidas por la ley. Pueden dirigirse a Cedro (Centro Español de Derechos Reprográficos, www.cedro.org) si necesitan fotocopiar o escanear algún fragmento de esta obra (www.conlicencia.com; 91 702 19 70 / 93 272 04 47). Todos los derechos reservados.

Para Zoe: gracias por todo

tu apoyo y ayuda...

T.C xx

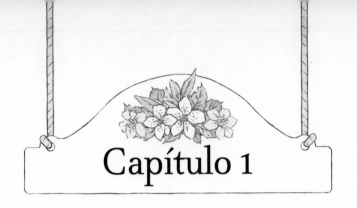

Capítulo 1

—¡Bravo!

Cuando Roberto cruzó la meta, oyó cómo sus amigos lo animaban. Lo había logrado: había ganado la carrera del Día del Deporte de su escuela. ¡Él, un ratoncito de color caramelo con el pelo rebelde y la naricilla rosada!

Nadie habría dicho que Roberto pudiera ganar la carrera contra los conejos saltarines o las ágiles ardillas. Pero Roberto se había entrenado durante semanas enteras y lo había conseguido.

Estaba recuperando el aliento cuando se le acercaron sus dos mejores amigos, Lily y Pancho Pincho.

—¡Has ganado! —exclamó Lily, levantando los brazos—. ¡Felicidades, Roberto! Y además has ganado a Ratuno —afirmó.

—¡Sí! Ratuno se lo merecía; es un abusón —corroboró Pancho—. Por lo menos después de esto, no se meterá con Roberto.

Los tres amigos miraron al ratón delgado y grisáceo, que parecía muy enfadado. Estaba apoyado en un roble cercano y miraba fijamente a Roberto.

Colin, un topillo acuático grandote y torpe y el único amigo de Ratuno, lo abanicaba con una hoja de ruibarbo para que recuperara el aliento.

En aquel momento, el profesor Topacio Cocazo se acercó con la insignia del ganador y se la puso a Roberto.

—¡Fantástico! —dijo sonriendo—. Vaya carrerón. Has batido el récord de Ratuno

del año pasado: tres segundos por debajo de su marca. Con esta hazaña pasarás a la historia del Colegio Villabellota.

—Gracias, señor Cocazo —Roberto seguía sonriendo mientras Ratuno lo observaba con cara de pocos amigos.

Topacio acompañó a Roberto y sus amigos junto a los otros alumnos de su clase que estaban viendo las demás pruebas del Día del Deporte. Cuando pasaron al lado de Ratuno, el ratón gruñó un poco, pero no se atrevió a decir nada feo delante del maestro. Sin embargo, a Roberto le dio la sensación de que Pancho se equivocaba. Seguro que Ratuno se metería todavía más con él, ahora que había ganado.

Roberto y Lily se sentaron con los compañeros de su clase. Pancho participaba en la carrera de carretillas y tuvo que marcharse. Fue corriendo hacia la línea de salida, junto con Topolino, su pequeño compañero de carrera.

Pancho se puso de cuatro patas sobre la hierba. Tenía muchas ganas de hacer de carretilla y Topolino había acabado por ceder, de modo que el pequeño topo tenía que cargar con las pesadas y grandes patas de Pancho. A todo el mundo le parecía más lógico que fuera Topolino el que hiciera de carretilla porque pesaba mucho menos. Pero Pancho Pincho nunca hacía lo más lógico.

Pancho decía que las carretillas eran grandes, como él. Y en esta carrera había que ir muy rápido.

—Después de andar por la cuerda floja (¡y de comer pastel, claro!), las carreras de carretillas son lo que más me gusta del mundo —afirmó.

Sonó el silbato y la carrera empezó. Pancho avanzaba con mucha rapidez, como si le fuera la vida en ello. Pero el

pobre Topolino se estaba poniendo más morado que una remolacha por aguantar las robustas patas de Pancho.

—No... no puedo —se lamentaba el pequeño topo dando tumbos.

Uno a uno, el resto de los equipos los adelantaban, ¡fiu!, ¡fiu!, ¡fiu!

Topolino y Pancho llegaron los últimos... tras una parada junto a la zarzamora.

Pancho no era capaz de pasar al lado de una zarzamora sin zamparse unas cuantas moras. Para cuando hubo terminado la carrera, ¡la zarzamora estaba casi pelada!

El erizo se acercó a Roberto con la cara cubierta de jugo de moras, que le chorreaba hasta la panza.

Lily participaba en la carrera de equilibrio de bellota sobre cuchara y se dirigió hacia la línea de salida. Cuando los participantes estuvieron listos, sonó el silbato y salieron zumbando.

Pancho y Roberto la animaban:

—¡Vamos, Lily!

Adelantó a Zarcillo y luego a Lina Listilla, una ardilla roja y parlanchina. Lily iba en cabeza.

—¡Lily va a ganar! —exclamó Roberto, tan emocionado que le temblaban los bigotes. Pero se había precipitado al decirlo...

De repente, Lily tropezó con una piedra y cayó al suelo. La bellota resbaló de la cuchara.

—¡Oh! —gritó Pancho—. ¡Cógela!

Pero Lily se había hecho daño en la pata. Los demás la adelantaron y el profesor Cocazo la ayudó a volver junto a sus compañeros.

—¿Te encuentras bien? —le preguntaron Roberto y Pancho.

—Ay... —se quejó Lily, mirándose la patita.

Roberto se dio cuenta de que Ratuno se estaba riendo. ¿Por qué tenía que ser tan malo? Roberto no tenía ni idea de por qué a Ratuno no le caían bien ni él ni sus amigos, y a veces le costaba dominarse con alguien tan desagradable.

Cuando terminó el Día del Deporte, los tres amigos fueron a casa de Roberto a tomar un refresco. A Lily todavía le dolía la pata, pero por suerte ya habían llegado las vacaciones de verano y tenían seis semanas enteras sin colegio para jugar todo lo que quisieran.

Cruzaron la plaza del pueblo. Roberto y Pancho caminaban alegres, pero Lily seguía un poco triste.

—Venga, vamos —le dijo Roberto con una sonrisa. Sabía exactamente lo que alegraría a su amiga.

Lily y Roberto entraron en la panadería y el ratoncito le compró el bollo de cerezas más grande que encontró.

—Gracias —agradeció ella, que ya parecía mucho más contenta.

Antes de marcharse vieron colgado en el tablón de anuncios el cartel de la Gran Carrera Ciclista. Tendría lugar al cabo de tres días, durante la celebración de la fiesta de San Juan. ¡Una fiesta y una carrera el mismo día!

¡QUÉ BIEN!

En la carrera de bicis que se celebraba todos los años por San Juan, solo podían participar los animalitos del Valle Mágico. Era todo un acontecimiento y se lo pasaban en grande.

Acudían muchos animales a ver la carrera y se podían comprar palomitas, helados y globos de colores. Durante semanas había debates y discusiones sobre quién ganaría.

El año anterior habían participado Pancho y Lily, y la tejoncita, que era una gran ciclista, había quedado en tercera posición.

Roberto no había participado nunca. Hasta las Navidades anteriores ni siquiera tenía bicicleta. Ahora sí: era roja y brillante, pero todavía no sabía llevarla muy bien.

Lily le había estado enseñando, pero Roberto se caía mucho y chocaba con los arbustos y los árboles. Aún no estaba listo para participar en la carrera de ese año.

Quizás, con un poco de suerte y mucha práctica, podría correr al año siguiente.

Lily cogió un lápiz y se borró de la lista de participantes.

—Me duele mucho la pata y no podré correr —suspiró—. Me da pinchazos cuando la doblo y creo que, con tanto pedaleo, la cosa empeoraría.

—Bueno, no te preocupes —la animó Pancho—. Este año yo tampoco voy a participar. Se me dobló la rueda el otro día cuando estaba haciendo unas maniobras difíciles y, bueno..., acabé estampándome en el campo de calabazas.

Todos se echaron a reír, incluso Lily.

Siguieron caminando por el margen del río. El agua brillaba y centelleaba bajo el sol.

En el agua clara y fresca había tres enormes barcos. Aquel día, el Martín Pescador iba delante; el Libélula, el último; y el Carrusel, un barco azul marino y el más grande de los tres, se mecía suavemente en medio de los dos.

A Roberto le gustaban mucho los barcos. Transportaban a los lugareños del Valle Mágico a los mercados de otros lugares a vender sus productos caseros. Pronto zarparían para la travesía de verano.

Al pasar por delante, Roberto suspiró. Tenía mucho calor.

—Tengo que beber algo —comentó. Cuando llegaron a casa de Roberto, entró corriendo para enseñar su insignia de ganador.

—¡Eh! —dijo su madre—. ¡No corras tanto, señor patazas!

Su hermana, que estaba dibujando en la mesa, exclamó con entusiasmo:

—¡Mira, mamá! ¡Roberto ha ganado un premio!

La madre de Roberto removía con una cuchara el caramelo que cocinaba en los fogones. Luego se volvió hacia Roberto y vio la insignia.

—¡Anda, Roberto! ¡Si has ganado la carrera! —dijo, sonriendo.

—Sí, la de velocidad —afirmó Roberto, con orgullo.

Roberto aspiró el delicioso olor que flotaba en el aire. Su madre estaba preparando manzanas caramelizadas para la fiesta de San Juan. Sobre la encimera estaba dispuesta una bandeja de manzanas pinchadas en un palito de madera. Pancho las miró de reojo, relamiéndose.

Roberto les sirvió un vaso de limonada casera a sus amigos y se la bebieron de un trago. En ese momento llegó el abuelo de Lily, que venía a recogerla para acompañarla a casa.

—Me he hecho daño en la patita —se lamentó Lily.

—Vaya, vaya —suspiró Erik Bigoteblanco.

—Pero yo la he cuidado mucho —se apresuró a aclarar Roberto.

El viejo tejón asintió y Roberto sonrió satisfecho. Erik era el tejón más sabio que conocía y además comandaba la flota en las travesías comerciales. Con eso bastaba para que fuera el héroe de Roberto.

—Ah, por eso está tachado tu nombre de la lista de participantes en la Gran Carrera Ciclista. Lo acabo de ver.

Lily asintió, con expresión triste.

—No pasa nada —apuntó Erik—. Por lo menos Roberto podrá participar.

Roberto se quedó de piedra.

—¿Yo...? —dijo, tartamudeando—. Pe... pero si yo no sé...

—Estaré animándote durante toda la carrera —siguió Erik, con entusiasmo—. Aunque tu nombre sea el último de la lista, seguro que quedas entre los primeros, ratoncito.

—¿Mi nombre... está en la lista? —se sorprendió Roberto.

¡Pero si no se había inscrito! Lo habría hecho otro. Pero ¿quién? ¿Y por qué?

Roberto volvió a abrir la boca para decirle al señor Bigoteblanco que no podía participar, que ni siquiera sabía montar en bicicleta. Sin embargo, el viejo tejón parecía tan contento de que el mejor amigo de su nieta participara, que no quiso defraudarlo.

Roberto tragó saliva e intentó poner en orden sus pensamientos. Tendría que participar. Pero ¿cómo iba a aprender a ir en bici en solo dos días?

Capítulo 2

Esa noche Roberto soñó con la carrera. Fue una pesadilla horrible. Se caía una y otra vez.

¡Patapum, patapum, patapum!

En el sueño, Ratuno le ataba a la cola un montón de globos que se lo llevaban flotando cielo arriba. Alto, muy alto, cada vez más alto...

—¡Aaayyy!

Roberto se despertó de golpe y abrió sus ojillos negros como platos. Le temblaba hasta el bigote. Miró a su alrededor.

Todavía estaba oscuro, aunque ya estaba a punto de amanecer.

Roberto bajó a la cocina y se preparó el desayuno. Tomó una tostada bien untada con mermelada de moras y luego un cuenco de frutos secos y bayas. Lo acompañó todo con una taza de leche fresca y cremosa.

Los pajarillos del jardín gorjeaban alegres y el sol entraba a raudales por la ventana. Roberto pensó en su madre y en Pelusa, que todavía dormían, pero sabía que debía hacer algo importante.

Suspiró y cogió el casco de ir en bici.

Lily y Pancho no tardarían en llegar para darle una clase. Ojalá no se cayera tanto...

Ya habían llegado las vacaciones de verano y por suerte Roberto tenía todo el día para practicar.

¡Y le haría buena falta, porque al cabo de dos días era la carrera! Encontró papel y lápiz, y le dejó una nota a su madre:

He ido al Hoyo musgoso
con Pancho y Lily.
Volveré para la cena.
Roberto

Dejó la nota en la mesa de la cocina, salió al jardín con sigilo y sacó su bicicleta roja y resplandeciente del cobertizo.

La apoyó en la puerta y esperó junto al muro de piedra. Observó cómo un abejorro se zambullía en unas campanillas; también quería tomar un buen desayuno.

El sol ya calentaba mucho.

En ese momento vio la simpática cara de la tejoncita aparecer al final del camino. A su lado iba el erizo grandullón, comiéndose un enorme pedazo de pastel.

Seguramente era su tercer desayuno. Lily y Pancho ya estaban allí.

Roberto se apartó del muro, se puso el casco y bajó con la bicicleta a su encuentro.

—Vayamos al Hoyo musgoso —propuso.

—Buena idea —aprobó Lily. Allí nadie los molestaría.

—Tranquilo, Roberto —soltó Pancho—. Pronto le cogerás el tranquillo a montar en bici.

—Eso espero —respondió Roberto, aunque no muy convencido.

Caminaron por la ribera, donde una hilera de lánguidos sauces hundían sus ramas en el río.

Pasaron junto a las barcazas, que se bamboleaban en el agua, y siguieron hasta la plaza.

Al otro lado del pueblo había otra colina que conducía al Bosque de las Campanillas. Subieron la colina, pasando por delante de la casa de Lily y luego pararon en el bosque para descansar un rato entre el mar de campanillas azules.

Después cruzaron el bosque y llegaron a una pequeña cueva rodeada de riscos escarpados.

—El Hoyo musgoso —dijo Lily, sonriendo. Habían llegado.

El Hoyo musgoso estaba más silencioso que nunca.

No solía ir nadie allí.

Era el lugar ideal para hacer un picnic para jugar a caballeros y dragones, o para dar unas clases secretas de montar en bicicleta.

Roberto miró a su alrededor y buscó un buen lugar para practicar. Había precipicios muy pronunciados en tres de los lados. Tenía que evitarlos. También había algunos pedruscos cubiertos de musgo que sobresalían de entre la hierba. Roberto sabía que tendría que andarse con mucho cuidado.

Eligió un sitio, se montó en la bici y empezó a pedalear, tambaleándose y derrapando sobre el musgo.

—¡Aaay! —gritó Roberto, esquivando por los pelos una piedra. ¿Por qué no era capaz de ir en línea recta? Seguro que no tardaría en caerse. Seguro.

Tenía que pedalear con más rapidez. Quizás, si iba más deprisa, le sería más fácil, pero no: en realidad fue peor.

—¡Roberto! —gritó de repente Lily, tapándose la cara con las patitas y temblando como una hoja—. ¡Cuidado con las ortigas! ¡Y con las piedras!

—¿Qué? —respondió Roberto, mirándola.

—¡Mira hacia delante! —chilló Lily—. ¡Tienes que mirar por dónde vas!

Roberto miró al frente.

—¡Oh, no! —exclamó.

Iba directo hacia una roca enorme cubierta de musgo.

—¡Frena! —le advirtió Pancho.

Roberto apretó los frenos con todas sus fuerzas.

¡¡¡ÑIIIC!!!, chirriaron. Pero era demasiado tarde.

—¡Socorro! —dijo Roberto, cada vez más y más cerca de la roca, hasta que…

¡PATAPUM!

La rueda se estrelló contra la roca, y Roberto salió despedido por los aires.

—¡Oh, no! ¡Las ortigas! ¡Y son enormes! —dijo Lily, angustiada, al verlo caer.

Roberto había visto las ortigas, pero le sirvió de poco: iba de lleno hacia ellas y aterrizó de morros.

—¡Uy! —gritó—. ¡Oy! ¡Aaaay!

—Ten, ponte esto —dijo Lily, y le ofreció una hoja de acedera que encontró.

Roberto la cogió y se la aplicó en el morro, que le escocía muchísimo. Pancho acercó la bici.

—Es una pérdida de tiempo —se lamentó Roberto mientras sacudía la cabeza. Oyeron una voz burlona a sus espaldas:

—¡Ja, ja, ja! Eso mismo estaba pensando yo.

Los amigos se volvieron y vieron a Ratuno y a Colin partiéndose de risa.

Ratuno iba en su bici de carreras.

Era negra y plateada y brillaba bajo el sol. Roberto lo había visto muchas veces montado en ella, haciendo el caballito y alardeando.

Ratuno siempre había sido un as montando en bici.

—Será genial cuando te adelante en la Gran Carrera Ciclista, Roberto. Ese día seguro que no bates ningún récord, ¿verdad? —dijo Ratuno.

—A menos que supere el del ciclista más patoso —añadió Colin con una carcajada.

—El que hace los chistes aquí soy yo —lo cortó Ratuno.

—Lo siento —respondió Colin, ruborizándose.

Roberto ató cabos en ese momento: así que había sido él. Seguro que Ratuno había puesto su nombre en la lista y lo había apuntado a la Gran Carrera Ciclista. Quería vengarse por el Día del Deporte, y Ratuno sabía que le sería muy fácil ganar una carrera en bici.

Ratuno se subió a su bicicleta y se fue a gran velocidad, dejándolos a todos —incluido Colin— envueltos en una nube de polvo. El topillo salió atropelladamente detrás de Ratuno.

—¡Abusón! —le gritó Pancho—. No te preocupes, Roberto.

Pero el ratoncito estaba de lo más preocupado.

Capítulo 3

Roberto se pasó el resto de la mañana practicando, pero no mejoraba. Chocaba con cualquier objeto grande... e incluso pequeño. Perdía el equilibrio y se caía una y otra vez.

Hicieron una pausa para comer, y Pancho se quedó horrorizado cuando se dieron cuenta de que no habían traído comida.

—¿Qué vamos a hacer ahora? —sollozó—. Me moriré de hambre.

Lily miró a su alrededor. Había un

viejo manzano cargado de manzanas jugosas. ¿Cuál de los tres podría trepar a por ellas? Ella no; todavía le dolía la patita cuando la doblaba.

—Ya subo yo —propuso Pancho, pero Lily le dijo que no. La última vez que Pancho se había encaramado a un árbol, se quedó atrapado durante horas.

—Mejor que suba Roberto —propuso—. Que agite las ramas y nosotros cogeremos las manzanas que caigan.

—Vale —aceptó Pancho.

Podía ser divertido.

Roberto trepó al árbol, lo zarandeó y, en un periquete, cayeron al suelo un montón de manzanas, que comieron a placer.

Luego, Roberto volvió a montarse en la bici, pero parecía que lo hacía aún peor que antes. Derrapaba y patinaba, se caía una y otra vez, y no paraba de magullarse las patas.

—¡Ya estoy harto! —dijo, al fin—. Me vuelvo a casa.

Todavía le dolía el hocico de cuando se había caído en las ortigas y no podía dejar de imaginarse la cara de Ratuno si llegaba el último a la meta.

Le dieron ganas de ir directamente al tablón de anuncios y tachar su nombre de la lista, pero no quería decepcionar al señor Bigoteblanco, que le había dicho que estaría a su lado, animándolo. Y su madre y Pelusa también estaban muy emocionadas. No: tenía que seguir adelante con la carrera. Tenía que hacerlo.

Los tres amigos volvieron a casa de Roberto con las caras muy largas. Cuando llegaron, la madre de Roberto estaba cosiendo unos banderines para la fiesta de San Juan.

Las manzanas de caramelo ya estaban listas.

—Vaya, Roberto —apuntó Pelusa cuando los vio entrar—. ¿Otra vez te has caído de la bici?

Señaló las magulladuras de sus patas y su hocico, enrojecido debido a las ortigas.

Roberto asintió con la cabeza, y Lily y Pancho suspiraron.

—Oh, pobrecito... —dijo su madre, dejando la aguja. Corrió a por una pomada y se la puso en las patas. Luego se sentaron a la mesa y, para consolarse, se tomaron un refresco de flor de saúco.

Pancho miraba las manzanas cubiertas de caramelo que había en la bandeja, pero a Lily la atraían más los colores de los banderines.

—Me muero de ganas de ir a la fiesta —dijo la tejoncita.

El granero de la Colina Susurrante, donde siempre se celebraba, estaría más bonito que nunca.

Roberto suspiró. También estaba emocionado, aunque aquel año, antes de ir a la fiesta, tendría que superar la Gran Carrera Ciclista.

—¿Te apetece una manzana de caramelo? —preguntó su madre con una sonrisa.

—¿De verdad? Si son para la fiesta... —dijo Roberto, más animado.

—Bueno, es que estoy muy orgullosa de ti —le respondió su madre—. No es fácil aprender a ir en bici y te estás esforzando mucho.

—¡Yo también! —exclamó Pancho de repente—. Yo también he ayudado mucho.

Intentaba poner cara de tener mucha hambre y la miraba esperanzado.

—Vale... —asintió la madre de Roberto, riendo—. Podéis comeros una cada uno.

—¿Yo también? —preguntó Pelusa.

—Sí, tú también.

Les dio una manzana a cada uno, y se hizo el silencio en la cocina mientras comían.

La de Roberto estaba buenísima. Era una bolita brillante y redonda que reunía las sensaciones de todas sus cosas preferidas: pasearse por un campo de maíz ondulante, jugar al escondite bajo la lluvia, comer tostadas al lado del fuego en una noche estrellada, quedarse a dormir con sus amigos…

Antes de irse a su casa, Pancho y Lily prometieron que volverían al día siguiente para ir a practicar con la bici al Bosque de las Campanillas, donde había una sombra muy agradable.

—Cueste lo que cueste, conseguiremos que aprendas a montar en bici, Roberto —apuntó Lily.

—Nosotros nos encargamos —añadió Pancho, sonriendo.

Roberto se despidió de ellos. Ya se sentía un poco mejor: Lily y Pancho siempre lo apoyaban cuando lo necesitaba.

Al día siguiente, Roberto volvió a levantarse antes que nadie. Bajó a la cocina, comió unas rebanadas de pan con miel y se tomó una taza de leche fresca. Luego le dejó otra nota a su madre encima de la mesa:

He ido al Bosque de las Campanillas con Pancho y Lily. Pienso aprender a montar en bici. ¡YA LO CREO!

Roberto cogió el casco y salió corriendo de su casa. Pancho y Lily entraban justo en ese momento por la puerta del jardín.

—¿Estás listo? —preguntó Pancho, sonriendo—. Yo sí; ¡mira! —y le mostró una cesta de picnic muy pesada llena de sus manjares favoritos—. Hoy no vamos a comer manzanas. He traído pastel de chocolate, refresco y galletas.

—Gracias, Pancho —le sonrió Roberto.

—Yo también he estado pensando —dijo Lily—. Cuando quiero aprender algo nuevo, siempre me ayuda muchísimo consultar un libro. Así que he pensado que podríamos pasar por la biblioteca de camino hacia el Bosque de las Campanillas y buscar un libro que enseñe a montar en bici.

Roberto meditó la propuesta.

—Vale —dijo—. ¡Vamos!

Sacó la bici del cobertizo y la llevó a su lado colina abajo, junto con sus amigos. Aquel día, todos tenían mejor cara.

Cuando llegaron a la biblioteca, acababan de abrir. Roberto dejó la bici y el casco fuera, y entraron.

Las pesadas estanterías estaban repletas de volúmenes. Los tres amigos estuvieron buscando libros sobre bicicletas y muy pronto Lily encontró uno perfecto.

El libro se titulaba *No volverás a caerte de la bici (pero llévate unas tiritas por si acaso).*

—Este libro es ideal —dijo Lily.

—Sí —asintió Roberto.

Después de pasar por el mostrador para tomarlo prestado, cogieron la bici de Roberto y salieron pitando hacia el Bosque de las Campanillas. En el bosque se estaba fresco y el suelo estaba tapizado con tantas campanillas que a Roberto le pareció un lugar bastante blando para aterrizar. Antes de ponerse a practicar, hojearon el libro. Era de lo más útil. Te enseñaba a avanzar en línea recta, a señalar cuándo ibas a girar, a arrancar y parar (sin chocar con nada), y a cuidar de la bici de forma adecuada.

También hablaba de las marchas. Cuando terminó de leer la página, Roberto dijo:

—No me extraña que me haya costado tanto: no he pasado de la primera marcha. La primera marcha sirve para subir montañas, pero yo no he subido ninguna. A lo mejor por eso zigzagueaba tanto.

Roberto puso la marcha normal, se colocó el casco y echó a rodar por el camino. Seguía algo inestable, pero no tanto como el día anterior, y la bici le parecía mucho más fácil de manejar.

Lo siguiente que quiso practicar fue la parada. Pancho colocó unas cuantas piñas en fila y Roberto tenía que parar sin tocar ninguna.

—Imagínate que son ardillas —propuso Pancho, riendo—. ¡Una hilera de Linas Listillas!

Con unas ramas que encontró simuló una cola peluda, hizo los ojitos de piedrecillas y los bigotes con hojas. Luego Roberto hizo lo que pudo para no atropellarlas.

Después practicó el avance en línea recta, el rodeo de árboles, el pedaleo rápido y la marcha lenta. Para terminar, intentó indicar hacia qué lado giraba.

Aunque ya se le daba todo mucho mejor, Roberto todavía no dominaba la señalización. Cada vez que levantaba una pata del manillar, perdía el equilibrio y estaba a punto de chocar.

—Ya sé lo que necesitas —dijo Pancho.

—¿Qué? —preguntó Roberto.

—¡Comer!

Hicieron una pausa para el almuerzo. Roberto estaba contento.

Ya montaba en bici mucho mejor y la

comida tenía un aspecto estupendo. De hecho, aquel día todo tenía un aspecto mucho mejor.

Comieron galletas mientras charlaban alegremente y bebieron refresco hasta que les entró hipo.

—Mañana basta con que lo haga ¡hip! lo mejor posible —dijo Roberto.

—Sí —respondió Pancho—. No hace falta que ganes. Además ¡hip!, estoy preparando algo muy especial para llevar mañana a la carrera.

—Y yo estaré allí ¡hip! con el abuelo —añadió Lily, sonriendo—. Te animaremos ¡hip! hasta el final.

—Gracias ¡hip! —respondió Roberto.

Después de practicar un poco más, volvieron juntos a casa. Roberto llevaba el libro bajo su patita. Decidió que lo leería otra vez antes de irse a dormir. No estaba obligado a ganar la carrera: solo tenía que hacerlo lo mejor posible.

Capítulo 4

Había llegado el día de la Gran Carrera Ciclista.

Y eso significaba que después vendría la verbena de San Juan. A los habitantes del Valle Mágico les encantaba ese día. La carrera era siempre muy emocionante y la fiesta que se daba luego en el granero de la Colina Susurrante duraba hasta que la luna y las estrellas centelleaban en el cielo.

Cuando Roberto bajó a desayunar, le invadió el delicioso aroma de los pastelitos horneándose.

Su mamá estaba comprobando la lista de tareas por hacer antes de la fiesta.

En primer lugar, tenía que rellenar con moras las tartaletas mientras se horneaban los pastelitos. Luego había que montar mucha nata...

Y, finalmente, tendría que salir al jardín a recoger unas cuantas fresas antes de animar a Roberto en la Gran Carrera Ciclista.

—Buenos días, Roberto —dijo, contenta—. ¿Qué tal te encuentras hoy?

—Estoy bien —respondió Roberto.

Pero en realidad estaba bastante nervioso por la carrera.

De pronto oyeron unos pasitos y apareció Pelusa.

—¡A tomar gachas! —exclamó, subiéndose a la silla.

Cuando estuvieron listas, se las zampó en un santiamén, pero Roberto comía muy despacio.

Aquel día no tenía la tripa muy fina.

Cuando hubo terminado, salió a lavar la bici. La carrera empezaba a las dos, así que tenía tiempo de sobra. Aunque no ganara, quería que la bici estuviera lo más bonita posible.

La mañana pasó volando y, antes de que Roberto se diera cuenta, su madre ya estaba sirviendo la comida. Pancho y Lily llegarían pronto para acompañarlo a la carrera.

Roberto seguía sin tener mucha hambre, pero sabía que necesitaba acumular fuerzas para la carrera. Así que picoteó un poco de pan recién hecho. También comió algo de queso y, de postre, como golosina, su mamá le dio unos aros de manzana seca y una taza de leche cremosa, que le encantaba.

Acababa de terminar cuando llegaron sus amigos y se fueron juntos hacia la carrera. Su madre y Pelusa irían un poco más tarde.

La carrera empezaba en el Molino fresco y luego daba varias vueltas por el valle.

—No quisiera llegar demasiado pronto —aclaró Roberto, que ahora estaba cada vez más nervioso.

—Tranquilo —dijo Lily con suavidad—, llegaremos bien.

Bajaron la colina. Roberto empujaba la bici, que brillaba al sol.

—No te preocupes por nada —dijo Pancho, mientras cruzaban el viejo puente de piedra—. Te he hecho una camilla, mira.

Pancho le mostró un bulto que llevaba bajo la pata. Roberto no sabía lo que era.

Parecían dos palos viejos de tienda de campaña envueltos en una sábana.

—Así, si te caes de la bici, podremos llevarte a casa —explicó Pancho.

—Gracias —respondió Roberto, tragando saliva.

—Acuérdate de lo que pone en el libro sobre bicis —le recordó Lily.

—Sí…, ya lo intento —dijo Roberto, rascándose la cabeza.

Siguieron caminando entre los prados y los campos; Roberto no dejaba de pensar. Arrancar…, parar…, indicar…, ¡uf! muy recto. Tenía que acordarse de demasiadas cosas.

Cuando llegaron al Molino fresco, una gran paleta de colores atrajo su vista.

Roberto paró. Estaba nervioso: le picaba la nariz y tenía mariposas en el estómago.

Había muchos ciclistas, con bicicletas de todos los colores del arcoíris. Lina Listilla tenía una de color verde lima adornada con una corona de margaritas en el manillar.

La de Zarcillo era de color azul cielo y delante llevaba una cesta llena de zanahorias. Seguro que se las comería mientras pedaleaba.

La de Topolino era de color mostaza. Iba montado encima y daba vueltas y más vueltas, como si no pudiera ir en línea recta. Roberto se mareó solo con mirarlo.

Patty tenía una bici de color violeta pálido, como las nubes al caer el sol. Del extremo del manillar sobresalían unas cintas que parecían coletas.

Y allí estaba Ratuno, de pie, al lado de su bici de carreras de color negro brillante. Tenía un timbre plateado muy elegante, guardabarros grandes y llamativos, y más marchas que nadie. Tenía pinta de ser muy rápida.

Colin estaba muy ocupado con la bici de Ratuno, sacándole brillo. Cuando Ratuno cruzó la mirada con Roberto, sonrió con superioridad.

También había ardillas vendiendo palomitas y el olor dulzón flotaba en el aire. Los erizos llevaban grandes hatillos de globos para vender al fervoroso público ¡y tenían que andar con mucho cuidado para no pincharlos con sus púas!

El gentío que bordeaba la pista charlaba animadamente y hacía apuestas sobre quién sería el ganador. Lily localizó a su abuelo cerca de la línea de salida, dando las últimas instrucciones a los voluntarios de la carrera.

Héctor llevaba un cuaderno de notas y Benjamín, un pequeño silbato de plata. Los dos conejos asentían con la cabeza, con las orejas al viento, mientras Erik les hablaba.

De pronto, Benjamín silbó y todo el mundo guardó silencio.

—Ciclistas, a vuestros puestos, por favor —anunció Erik, sonriendo a Roberto.

Roberto tragó saliva. La suerte estaba echada.

—Buena suerte —le dijo Lily. Pancho desenvolvió el bulto que llevaba.

—¡Sorpresa! —gritó.

—¡Vaya! —exclamó Roberto, con los ojos muy abiertos.

Al parecer, la camilla era también una pancarta para desearle buena suerte. En la sábana que había enrollado a los dos palos, Pancho había escrito:

¡Por muy mal que Roberto corra hoy, seguirá siendo el MEJOR AMIGO DEL MUNDO!

Roberto esbozó una tímida sonrisa. Luego se acercó a la línea de salida empujando su bici roja. Ratuno lo adelantó, subido en la suya.

Cuando todos estuvieron en sus puestos, Héctor comprobó los frenos y los timbres, y revisó también los cascos.

—Todo en orden —dijo, y lo apuntó en su cuaderno.

—Estupendo —dijo Erik Bigoteblanco—. A ver, escuchadme con atención: cuando cuente hasta tres, Benjamín soplará el silbato y dará comienzo la carrera ciclista de este año.

Benjamín se puso el silbato en la boca y esperó.

—Seguid las flechas que hay en los árboles —indicó Erik—. El que llegue primero será el ganador.

—Y el que llegue el último será Roberto —murmuró Ratuno.

El señor Bigoteblanco levantó una bandera verde.

—Uno... —dijo, y Roberto soltó un quejido—. Dos... —Roberto tembló—. ¡Y tres!

Benjamín sopló el silbato y Roberto oyó que Lily le gritaba: «¡Venga!».

Ratuno ya había salido en medio de una nube de polvo. Los demás también habían arrancado, incluso la pequeña Patty. Muy nervioso, Roberto empezó pedalear y salió tambaleándose detrás de los demás.

—¡Ánimo, Roberto! —lo animó Lily.

—¡Más rápido! —gritó Pancho.

—Un momento... —dijo Roberto. ¡Se había acordado de las marchas! Puso la adecuada para avanzar sobre terreno plano y, de repente, empezó a rodar con más estabilidad.

—¡Gá-pi-do! —decía Pancho con la boca llena de palomitas.

Roberto seguía las flechas naranjas de los árboles mientras los demás ciclistas se alejaban con rapidez.

Dejaron atrás el Molino fresco para avanzar por un camino de tierra polvoriento y luego subieron una colina que los llevó a los frondosos senderos del Valle Mágico.

Los gritos de la multitud dejaron de
oírse cuando Roberto empezó a subir la
colina. Los demás ciclistas ya estaban al
otro lado.

Todavía no había chocado con la bici,
ni siquiera se había caído, pero estaba claro que era el último de todos.

Capítulo 5

Roberto dejó atrás los Escalones Resbalones y atravesó un campo repleto de amapolas, procurando seguir siempre las flechas de los árboles.

A veces lo llevaban por bosques sombreados, otras por prados cubiertos de hierba. Y una vez incluso pasó por un prado con vacas que resoplaban como tornados.

Ya sabía montar mucho mejor que a principios de semana y todo gracias a Lily y a Pancho, que lo habían ayudado muchísimo.

El ratoncito pensó que estaría muy bien no ser el último. Sería una manera bonita de agradecerles su ayuda.

—No —se dijo suspirando. Nunca llegaría a alcanzar a los demás.

De todas formas, a Lily y a Pancho no les importaría en qué lugar quedase. Como habían dicho, les bastaba con que lo hiciera lo mejor posible.

Siguiendo las flechas, Roberto llegó al Campo de los Diez Robles. Ahora iba muy deprisa y el viento le peinaba los bigotes.

Avanzaba por los senderos cada vez más rápido, más rápido y mucho más rápido. Aprender cómo funcionaban las marchas había sido la mejor idea del mundo.

Roberto siguió pedaleando por el Prado en flor y luego bajó por un camino lleno de baches que bordeaba los huertos.

Luqui Ligero, una liebre vieja y un poco cascarrabias, estaba recogiendo patatas. Levantó la pala y hasta sonrió a Roberto al pasar.

—¡Muy bien, así se hace! —le gritó—. ¡Ya casi estás atrapando a los demás!

—¿Co... cómo? —se sorprendió Roberto.

¿Lo había oído bien? ¿Estaba cerca del resto de corredores? ¡Estaba yendo mucho más rápido de lo que creía!

—Gracias, señor Ligero —le dijo Roberto, saludándole con la pata.

Entonces Roberto se dio cuenta de lo que acababa de hacer: ¡había levantado una pata del manillar! Ahora ya sabía incluso conducir con una sola pata. Se moría de ganas de enseñárselo a Lily y a Pancho.

Roberto aceleró por el sendero, pedaleando con todas sus fuerzas. Y entonces, al doblar una curva, vio a los demás ciclistas delante, con Ratuno al frente. Roberto estaba muy cerca.

«¡Ánimo!», se dijo a sí mismo cuando vio a los demás desaparecer por la última colina.

La línea de meta quedaba ya cerca.

Roberto puso la marcha corta y subió la colina.

—¡Halaaa! —gritó al bajar a gran velocidad por el otro lado de la pendiente.

Volvió a ver a los demás, que no estaban muy lejos. Doblaron una curva, con Roberto detrás. Pero de repente...

¿Qué era eso? Roberto frenó en seco.

Colin estaba en la cuneta, agarrándose la pata y gimiendo desesperado. Por las mejillas le caían gruesos lagrimones y se mecía adelante y atrás, entre lamentos.

Con rapidez, Roberto bajó de la bici y corrió hacia él.

—Colin, ¿qué te ha pasado? —le dijo, con la respiración entrecortada.

Colin suspiro profundamente, sorbiéndose los mocos, y se miró la pata. Le estaba saliendo un bulto morado.

—Ha sido Ra... Ratuno... —sollozó—. Me ha dado con el guardabarros cuando he corrido a animarlo... —se miró el bulto y el labio empezó a temblarle—. ¡Me duele muchísimo!

—¿Y no se ha parado? —preguntó Roberto—. ¿Ratuno no se ha parado a ayudarte?

Colin negó con la cabeza, muy triste.

—No.

—¡Pero si eres su mejor amigo! —exclamó Roberto—. Si un amigo mío estuviera herido, yo me pararía sin dudarlo.

Roberto miró el sendero del circuito y Colin también.

—Todavía puedes atraparlos —suspiró—. Creo que Ratuno ha pinchado una rueda cuando me ha golpeado. A lo mejor hasta puedes ganar la carrera si te das prisa. ¡Venga!

Roberto miró la bicicleta y luego otra vez a Colin.

—No, no puedo dejarte aquí. Esa pata tiene muy mal aspecto. Venga, te ayudaré a llegar a la línea de meta.

Roberto ayudó a Colin a montar en su bici, empujándola con suavidad. Cuando llegaron a donde estaba la multitud, Pancho y Lily se les acercaron corriendo.

Roberto vio a Ratuno en la meta, cogiendo la copa de ganador que le ofrecía el señor Erik Bigoteblanco.

—Roberto, ¿qué ha pasado? —preguntó Pancho. Señaló a Colin—. ¿Y por qué lo llevas en tu bici?

—Luego te lo cuento —indicó Roberto. A Colin volvía a temblarle el labio—. Pongámoslo en la camilla. Se ha lastimado la pata.

Ayudaron a Colin a bajar de la bici y lo tumbaron en la camilla. Parecía de lo más triste.

—Mira, Roberto —exclamó Lily—. El abuelo viene a verte.

Roberto no sabía lo que quería decirle el señor Bigoteblanco. Esperaba que no estuviera demasiado decepcionado por verlo llegar el último.

Erik Bigoteblanco se acercó.

—Sé que he llegado el último —declaró Roberto—. Pero he hecho todo lo que he podido, se lo prometo.

—Al que hace todo lo que puede no se le puede pedir más —dijo Erik sonriendo.

—Pero ha hecho más, ha hecho mucho más —apuntó una voz. Era Colin, que miraba al señor Bigoteblanco con los ojos llenos de lágrimas—. Roberto se ha parado a ayudarme.

Erik Bigoteblanco se volvió hacia Roberto.

—¿Es eso cierto? —le preguntó.

—Pues... sí —respondió—. No podía dejarlo en medio del camino. Estaba herido.

El viejo y sabio tejón movió la cabeza lentamente, pensando.

—Ya veo —dijo, al final—. ¿Esta noche vas a venir a la fiesta?

—¡Por supuesto! —exclamó Roberto, muy contento.

Por fin había terminado la carrera. Ahora tocaba irse de fiesta. Justo entonces aparecieron la mamá de Roberto y Pelusa.

—¡Roberto! —chilló su hermanita. Su madre le dio un abrazo.

—Te he hecho un galardón —y le pegó una condecoración en el casco en la que se leía «Buen intento».

—Venga, Roberto —le propuso su madre—. Vamos a casa a lavarte ahora mis-

mo. Ya sabes que tenemos que ir a la fiesta de San Juan.

—¡Espera! —exclamó Lily—. Le pregunto a mi madre si puedo acompañaros para ayudaros a cargar la comida de la fiesta.

—Yo también voy —añadió Pancho—. Me pido llevar las manzanas de caramelo.

—¡Pero no te las comas todas! —dijeron todos riendo.

Pancho y Lily tenían el permiso de sus padres; pero antes tenían que asegurarse de que Colin fuera atendido.

La madre de Roberto cogió la bici y se dirigió hacia casa con Pelusa. Roberto y sus amigos llevaron a Colin al puesto de primeros auxilios.

Justo antes de que llegaran, pasó Ratuno a toda velocidad con su bici.

—Mira, Colin —fanfarroneó, enseñando la copa—. ¡Soy el ganador!

Nadie dijo nada. Ratuno había ganado la carrera, pero a ninguno le apetecía celebrarlo con él. Y menos después de que hubiese dejado a su amigo herido en la cuneta.

—¿Qué, vas a ir a la fiesta? —preguntó Ratuno a Colin—. Quedamos a las cinco.

—No —dijo Colin, muy bajito—. Pre... prefiero... —tragó saliva—. Prefiero ir solo.

Ratuno se quedó de piedra. Los fulminó a todos con la mirada.

—Como quieras —le espetó a Colin, y luego se marchó, dejándolos envueltos en una nube de polvo.

Cuando se hubo disipado, Roberto miró a Colin.

—No pasa nada, puedes jugar con nosotros en la fiesta —le propuso.

—¿De verdad? —preguntó Colin.

—Sí —le sonrió Roberto.

Ya faltaba poco para la fiesta...

Capítulo 6

Cuando Roberto llegó a casa, se lavó deprisa y salió al jardín a jugar a pídola con sus amigos. Pero nadie se atrevía a saltar por encima de las afiladas púas de Pancho.

La fiesta de San Juan empezaría en el granero de la Colina Susurrante a las cinco en punto, así que salieron a las cuatro y media.

La madre de Roberto repartió la comida que había preparado para que la llevasen a la fiesta. La tripa de los cuatro no paraba de rugir mientras caminaban.

Roberto llevaba la bandeja de manzanas de caramelo, que brillaban al sol.

—Me estoy muriendo de hambre —se quejó.

—Yo también —gimió Pelusa, que cargaba una cesta de fresas, grandes, rojas y jugosas. Cuando nadie miraba, se metía alguna en la boca. Al cabo de un rato, tenía la barbilla manchada de jugo de fresa.

Lily acarreaba con las tartaletas de moras y a Pancho le dieron los banderines, porque seguro que no se los comía.

La madre de Roberto llevaba los pastelitos, que había cubierto con un trapo a cuadros rojos y blancos para protegerlos de los bichos golosos.

Bajaron por la colina y luego cruzaron el río. Los rayos de sol brillaban sobre el agua como estrellas fugaces y el aire estaba impregnado del aroma de los ajos silvestres que crecían en las laderas de las colinas.

Pasaron por delante de las barcazas, que resplandecían bajo el sol, y llegaron a la pequeña plaza del pueblo.

El granero de la Colina Susurrante estaba en lo alto de la siguiente colina, detrás de las tiendas. Mientras subían, les llegó el agradable olor del fuego de leña. Luqui Ligero lo había encendido para asar las salchichas.

En lo alto de la colina estaba el granero, con las puertas abiertas. Habían puesto tres mesas con manteles de lino, listas para colocar la comida de la fiesta. Buscaron un hueco y descargaron sus provisiones.

—Mamá —dijo Roberto, nervioso—, ¿puedo colocar los banderines? Pancho y Lily pueden ayudarme.

—Claro, adelante —respondió su madre.

Roberto y los demás salieron afuera y colocaron los banderines en la verja.

Los habitantes del valle se iban acercando cargados con grandes cestos de comida.

—¡Mirad! —dijo Roberto—. Los topos han traído empanadas. ¡Qué ricas!

Cuando se hubo dispuesto la comida y todo el mundo estaba reunido en el granero, Erik Bigoteblanco trepó a una bala de paja.

Sonriendo al animado público, que estaba ansioso por comer y bailar, anunció:

—¡Que empiece la fiesta!

—¡Viva! —gritó todo el mundo.

El gentío se acercó a las mesas y se llenó los platos de comida.

Patty cogió tres tartaletas de moras y Topolino se zampó una manzana de caramelo casi más grande que su cabeza. Pancho, como siempre, se sirvió un poco de todo.

Por el granero había esparcidas balas de paja para que la gente pudiera sentarse. Roberto y sus amigos cogieron una que estaba cerca de las mesas para que Pancho no estuviera lejos de la comida. Ratuno estaba sentado cerca de la puerta, con su madre y su padre. Normalmente, Colin habría estado a su lado; pero no lo estaba.

Colin se había sentado con su familia, y estaba poniendo las salchichas en los panecillos. Roberto lo saludó y él le correspondió el gesto.

—Ven luego y jugamos —lo animó Pancho y el topillo asintió, sonriendo.

—Mmm... —saboreaba Lily, encantada, mordiendo un pastelito. Era de limón, y estaba recubierto por una capa de crema de queso y decorado con florecillas de azúcar—. Los conejos hacen los mejores pasteles del mundo.

Roberto se zampó dos pastelitos deliciosos y luego una buena nube de nata.

—¡Qué rico! —exclamó, con los bigotes tan llenos de nata que parecían bolas de nieve.

Era la mejor fiesta de San Juan a la que había asistido nunca. Y todos comieron hasta hartarse.

Después de la comida vino el baile. Topacio había llevado su violín y Erik, su flauta.

Tocaron una melodía alegre y los animalitos no tardaron en ponerse a bailar.

—¡Yupiii! —gritaba Lily, haciendo girar a Roberto mientras Pancho zapateaba junto a ellos.

—¡Más rápido! —se reía Roberto—. ¡Más rápido! ¡Más rápido!

Al final estaban tan acalorados que volvieron a la mesa para tomar algo. Entonces apareció Colin.

—¿Queréis jugar al escondite? Ya no me duele tanto la pata —les anunció.

—Yo sí —dijo Lily.

—Y yo —se añadió Roberto.

—Vamos fuera —propuso Pancho.

—¡Venga!

Se terminaron las bebidas y salieron corriendo al campo, donde pasaron largo rato jugando al escondite, al pillapilla, a las estatuas... ¡Se lo pasaron bomba!

Cuando pararon para descansar, el gran sol anaranjado se había ocultado detrás de la colina y la luna ya había salido. Empezaban a brillar las estrellas y las polillas revoloteaban por encima de sus cabezas. Roberto nunca olvidaría aquel día.

Volvieron a entrar al granero, cogidos de las patitas.

Se había acabado el baile y todos estaban sentados, charlando.

Los farolillos que colgaban de las vigas proyectaban sombras en las paredes y le daban a todo una apariencia acogedora y cálida.

Erik Bigoteblanco se levantó. La fiesta estaba a punto de terminar.

—Gracias a todos por venir —expuso—. ¡Ha sido una fiesta estupenda! Pero, antes de que os marchéis, tengo que hacer la entrega de otra medalla por la carrera ciclista de hoy.

Ratuno irguió las orejas enseguida. ¿Otra medalla? Seguro que era para él. Después de todo, había ganado la carrera.

Erik miró al público; su mirada iba de una cara a otra. Al final señaló a alguien:

—¡Ah, ahí está!

Lily dio un codazo a Roberto. Y Pancho, otro más. ¡Erik lo estaba señalando! Lentamente, Roberto se levantó y avanzó entre el público para llegar hasta el señor Bigoteblanco.

—Es para ti —anunció Erik Bigoteblanco, y le colgó la medalla en el cuello.

—Pe... pero... —tartamudeó Roberto.

Había sido el último de la carrera. ¿Por qué le daban una medalla?

—Hoy Roberto ha hecho algo muy generoso —siguió el señor Bigoteblanco—. Muy generoso y valiente. En plena carrera se ha parado para ayudar a alguien que se había hecho daño. Y por eso ha llegado el último, aunque sabía  que se reirían de él. Así nos ha demostrado que la amistad es más valiosa que el puesto de ganador. Esa es la carrera que, de verdad, vale la pena ganar.

Hubo sonoros aplausos. Todos aplaudían, excepto Ratuno, que fulminó con la mirada a Roberto. Pero a él ya le daba lo mismo.

Al volver a casa esa noche, Roberto se sentía muy feliz.

—Gracias por enseñarme a montar en bici —les dijo a Lily y Pancho—. Sin vosotros, todavía me estaría cayendo.

—Vamos a montar juntos mañana —propuso Lily, a la que ya no le dolía tanto la pata.

—Pero yo tengo la rueda torcida —señaló Pancho—, ¿no te acuerdas?

Roberto se puso a pensar.

—La arreglaremos —anunció—. Nos sentaremos encima los tres a la vez.

—¡Así seguro que la arreglamos! —rio Pancho.

Los tres amigos volvieron a casa con la luna iluminándoles el camino. Habían quedado por la mañana temprano para arreglar la bici de Pancho.

Y luego montarían en bici todo el día. Juntos.

Tracey Corderoy

Nació en el Reino Unido y se dedicó a la enseñanza primaria durante muchos años. Empezó a escribir libros infantiles convencida del poder que tienen el lenguaje y la literatura para despertar la curiosidad y la imaginación en los niños. Sus libros se han traducido a distintas lenguas y *El valle mágico* es su primera serie publicada en RBA Molino.